O DILÚVIO

ENCONTRE AS SETE DIFERENÇAS ENTRE AS IMAGENS ABAIXO.

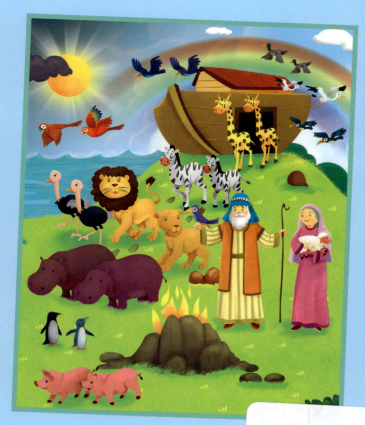

CONTE OS ANIMAIS NO TAPETE E ESCREVA AQUI A QUANTIDADE.

LOCALIZE E CIRCULE ESTES ANIMAIS NO TAPETE:

MOISÉS

RESOLVA A CRUZADINHA RESPONDENDO AS PERGUNTAS.

1. NOME DADO ÀS DEZ LEIS DE DEUS. ÊXODO 34:28
2. NOME DADO AOS REIS DO EGITO. ÊXODO 3:10
3. MONTE ONDE DEUS DEU A SUA LEI. ÊXODO 19:23
4. AS DEZ _____ DO EGITO, CASTIGOS DE DEUS. ÊXODO 11:1
5. O MAR _____ FOI ABERTO PARA O POVO DE DEUS PASSAR. ÊXODO 13:18
6. CERIMÔNIA QUE É COMEMORADA PELOS JUDEUS, COM CORDEIRO E ERVAS AMARGAS QUE LEMBRA A SAÍDA DO EGITO. ÊXODO 12:48
7. LIBERTADOR DE ISRAEL. ÊXODO 2:10

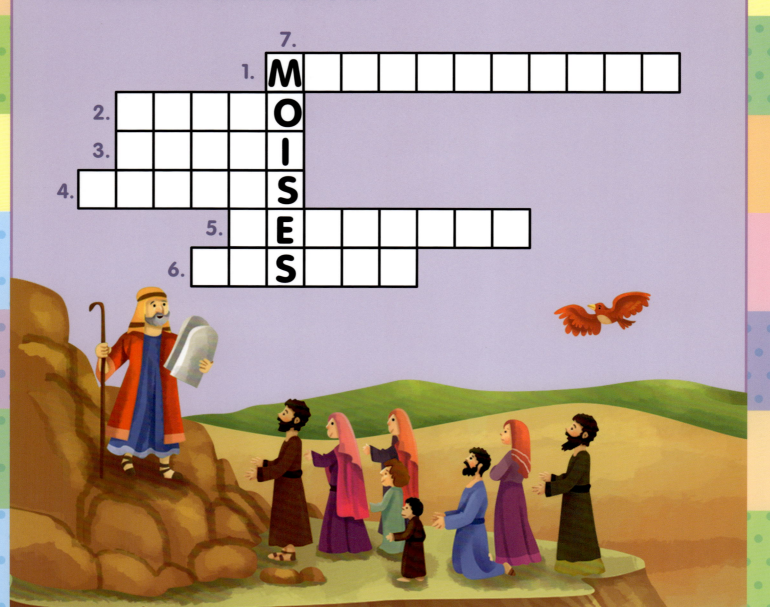

DAVI

LIGUE OS PONTOS.

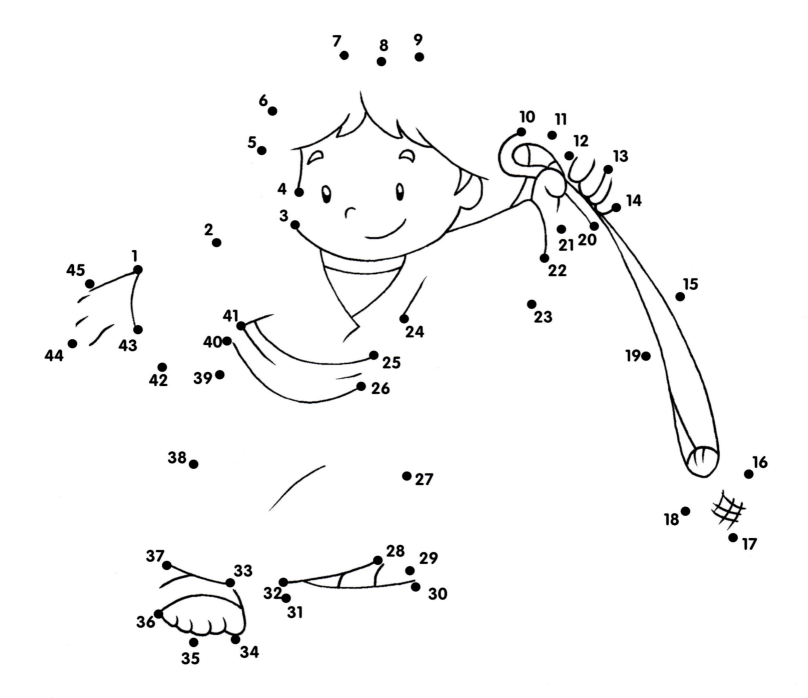

JESUS NASCEU

ENCONTRE AS SETE DIFERENÇAS ENTRE AS IMAGENS ABAIXO.

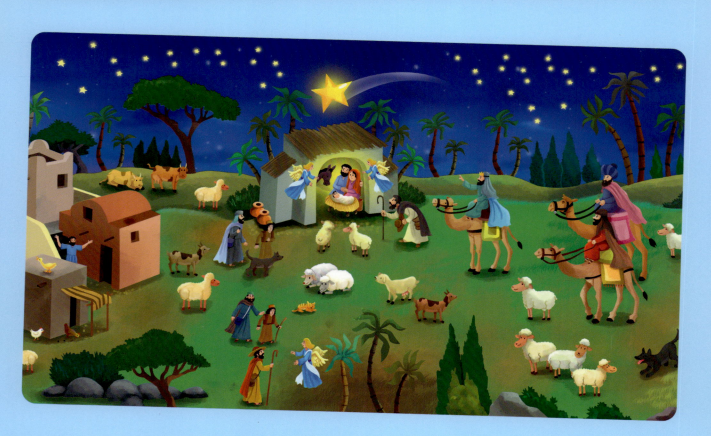

MILAGRES DE JESUS

RESOLVA A CRUZADINHA RESPONDENDO AS PERGUNTAS.

1. CURA DO HOMEM QUE TINHA UMA _____ MIRRADA. MATEUS 12:9-13

2. ÁGUA TRANSFORMADA EM _____. JOÃO 2:1-12

3. RESSURREIÇÃO DE _____. JOÃO 11:1-45

4. MULTIPLICAÇÃO DE _____ E PEIXES. LUCAS 9:10-17

5. A _____ SECOU COM UMA PALAVRA. MATEUS 21:18-19

6. JESUS ANDA POR CIMA DO _____. MATEUS 14:22-32

7. A _____ MILAGROSA. LUCAS 5:1-7

8. CURA DOS DEZ _____. LUCAS 17:11-19

9. ATOS MARAVILHOSOS REALIZADOS POR JESUS. MATEUS 10:25

CARTA ENIGMÁTICA

USE O QUADRO BRANCO PARA DESCOBRIR QUAL VERSÍCULO ESTÁ ESCRITO.

EU SOU O PÃO DA VIDA. JOÃO 6:48

LIGUE OS PONTOS

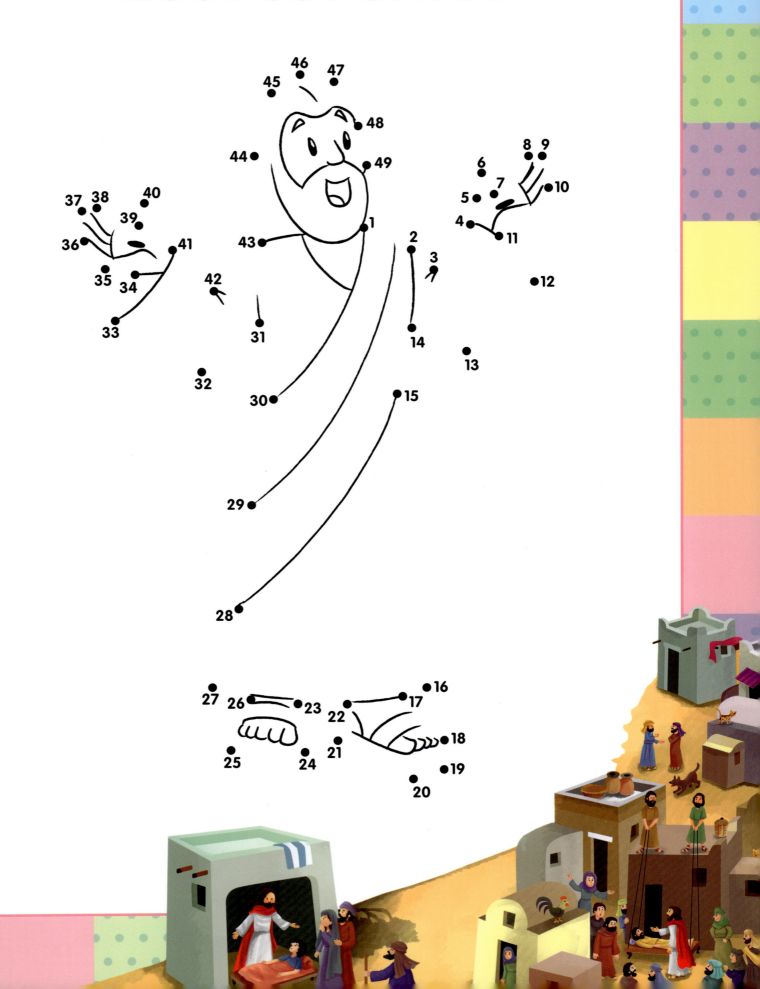

Procure e Ache

As crianças terão horas de diversão realizando as atividades propostas no livro que interage com o MEGATAPETE. Elas vão adorar procurar, circular, associar, treinar e conhecer histórias e personagens bíblicos, observando e identificando as inúmeras figuras deste incrível tapete superilustrado.

O kit-livro fica ainda mais divertido porque conta com marcador e recurso escreva e apague, possibilitando que as atividades sejam feitas quantas vezes a criança quiser!

HABILIDADES COGNITIVAS

 COORDENAÇÃO MOTORA
 VALORES FAMILIARES
 PRINCÍPIOS CRISTÃOS
 5+ A PARTIR DE 5 ANOS

SBN EDITORA
Valores para uma vida inteira.

Segurança
CE-BRI/INNAC - 00060-000
NBR NM 300/2002
Segurança do Brinquedo
OCP 0061
Compulsório INMETRO

ATENÇÃO! Não recomendável para crianças menores de 3 (três) anos, por conter parte(s) pequena(s) que pode(m) ser engolida(s) ou aspirada(s).
ATENÇÃO: Este produto não é um brinquedo. A Identificação da Conformidade se refere ao brinquedo anexado ao produto, certificado no âmbito do Sistema Brasileiro de Avaliação de Conformidade.
Importador: Todolivro Distribuidora Ltda.
Rodovia Jorge Lacerda, 5086 - 89115-1000 - Gaspar - SC - Brasil
Fone 47 32212201 - CNPJ 03.163.884/0001-93
Fabricante: Hangzhou Lihe Digital Technology Co., Ltd.
B802, Zijin Plaza, 701 Gudun RD.Hangzhou, China, 310030
"Guardar para eventuais consultas."

©TODOLIVRO LTDA.
Todos os direitos reservados
Revisão: Karin E. R. de Azevedo
IMPRESSO NA CHINA

ISBN 978-85-376-4232-0